O9-AIG-116

Este libro
pertenece a:

Grindley, Sally
    Las mascotas del capitán Pimienta / Sally Grindley ;
traductor Julio Caycedo Ponce de León ; ilustraciones David
Parkins. -- Bogotá : Panamericana Editorial, 2008.
    52 p. : il. ; 19 cm.
    ISBN 978-958-30-3054-3
    1. Cuentos infantiles ingleses 2. Mascotas - Cuentos
infantiles 3. Piratas - Cuentos infantiles I. Caycedo Ponce de
León, Julio Santiago, tr. II. Parkins, David, il. III. Tít.
I823.91 cd 21 ed.
A1175401
    CEP-Banco de la República-Biblioteca Luis Ángel Arango

Las mascotas del capitán Pimienta

DISCARDED BY
BURLINGTON PUBLIC LIBRARY

Burlington Public Library
820 E Washington Ave
Burlington, WA 98233

Primera edicion en Panamericana Editorial Ltda., septiembre de 2008

Primera edición Kingfisher, un sello editorial de Macmillan Children's Books,
© 2002 Macmillan Children's Books
Título original: *Captain Pepper's Pets*
Autor: Sally Grindley
Ilustrador: David Parkins

© 2008 Panamericana Editorial Ltda. de la traducción al español.
Dirección editorial: Conrado Zuluaga
Edición en español: Diana López de Mesa Oses
Traducción del inglés: Julio Caycedo Ponce de León

Calle 12 No. 34-20
Tels.: (57 1)3603077 - 2770100
Fax: (57 1) 2373805
panaedit@panamericana.com.co
www.panamericanaeditorial.com
Bogotá D.C., Colombia

ISBN: 978-958-30-3054-3

Todos los derechos reservados.
Prohibida su reproducción total o parcial
por cualquier medio sin permiso del Editor.

Impreso por Panamericana Formas e Impresos S.A.
Calle 65 No. 95-28. Tels.: (57 1) 4302110 - 4300355. Fax: (57 1) 2763008
Bogotá D.C., Colombia
Quien sólo actúa como impresor.

Impreso en Colombia   Printed in Colombia

Sally Grindley

Las mascotas del capitán Pimienta

Ilustraciones de David Parkins

PANAMERICANA
EDITORIAL

Contenido

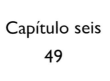

Capítulo uno

El capitán Pimienta anhelaba una mascota, pero no quería un loro.

—Todos los piratas que he conocido tienen un loro —dijo—. Los loros hablan mucho. No, yo quiero una mascota que me haga famoso en el mundo entero.

—Qué esperamos, vamos a la tienda de mascotas —dijo el pirata Pigmeín.

—Los peces dorados son los mejores —comentó el pirata Pitillonio.

—¡Compremos un hámster! —gritó el pirata Pipón.

9

—¡Grupo de torpes! —gruñó el capitán Pimienta—.
¡Un hámster o un pez dorado no me harán famoso!
Yo quiero algo distinto.

El capitán Pimienta siempre conseguía lo que quería.
Y zarparon en el *Zorro ricachón* en busca de una mascota
que fuera diferente.

Capítulo dos

Los piratas navegaron durante muchas semanas.

Finalmente llegaron a una isla.

—¡Ajá! —gritó el Capitán Pimienta—. ¡Apuesto mis botas a que aquí encontraré a mi mascota! ¡A toda velocidad escuadrón de perezosos!

Atravesaron un río y se internaron en la selva.

—¡Alto! —gritó el capitán.

—¡Bajen la rampa para desembarcar!

—¡Encuentren una mascota para mí o alimentaré a los tiburones con ustedes!

Y luego, el capitán Pimienta se recostó en su hamaca para tomar una siesta.

—Vamos —suspiró el pirata Pigmeín—. Encontrémosle una mascota y así podremos volver a casa.

Pero mientras los piratas bajaban por la rampa hacia tierra firme, Pipón se resbaló…

13

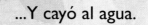

...Y cayó al agua.

—¡Auxilio! —gritó—. ¡No sé nadar!

De repente, una criatura con grandes dientes lanzó a Pipón por el aire.

—¡Auxilio! —dijo—. ¡Quiero a mi mamá!

El capitán Pimienta se puso de pie.

—¡Por mis barbas, un hipopótamo!
—gritó—.
Esa será una buena mascota.
¡Súbanlo a bordo!

El hipopótamo no quería subir. Resoplaba, pisoteaba y sacudía a los piratas.

Finalmente pudieron arrastrarlo hasta la cubierta.

—Bienvenido a bordo mi hipopótamo
mascota —dijo el capitán Pimienta—.
Contigo a mi lado, pronto seré famoso
en todo el mundo.
Le acarició la cabeza al hipopótamo.

El hipopótamo resopló…

...Y corrió por todo el barco.

¡CRAC!

Mordió el mástil y lo partió en dos.

¡CRAC!

El mástil cayó en la cubierta.

—¡Deténganlo ahora! —gritó el capitán.

El capitán Pimienta miró enfurecido al hipopótamo.
El hipopótamo miró enfurecido al capitán Pimienta…
y lo embistió.

19

El capitán Pimienta logró esquivarlo, el hipopótamo no se detuvo y salió por la borda…

¡SPLASH!

—Ese hipopótamo era un problema —dijo el pirata
Pigmeín—. ¿No podríamos regresar a casa
y comprar un loro?

El capitán Pimienta resoplaba y refunfuñaba.

—¿Un loro? —rugió—. ¡Nunca, ni hablar! ¡Encuentren algo
diferente para mí o los arrojaré a los tiburones!

Capítulo tres

Los piratas partieron hacia la selva.

—El capitán debería atrapar a su propia mascota —gruñó Pipón.

—¡Shhh! —dijo Pigmeín.

—¡Miren, en ese árbol, eso es diferente!

Un puercoespín escarbaba la tierra en busca de comida.

—Es blanco y negro como nuestra bandera pirata —dijo Pigmeín.

—Esa sería una buena mascota para el capitán Pimienta —dijo Pipón.

—Atrápalo Pitillonio, antes de que se escape.

Pitillonio extendió su mano.

—¡Ayyy! —chilló y dio un brinco—. ¡Que me parta un rayo! Está cubierto de cosas puntiagudas. ¡No voy a tocar eso! Encontraremos alguna otra cosa.

Así, lentamente y en puntillas, siguieron su camino.

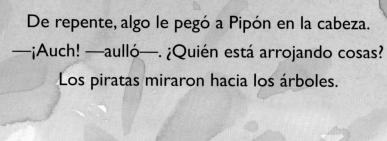

De repente, algo le pegó a Pipón en la cabeza.

—¡Auch! —aulló—. ¿Quién está arrojando cosas?

Los piratas miraron hacia los árboles.

El mono arrojó otro coco y luego
saltó al suelo.

—¡Eso es diferente! —gritó
Pigmeín.

—Esa será una buena mascota
para el capitán Pimienta —dijo
Pipón—. Pitillonio, atrápalo antes
de que se escape.

Pitillonio corrió tras el mono, seguido por Pigemeín y Pipón que le pisaron los talones…

…todo el camino de regreso al *Zorro ricachón*.

—¡Se dirige hacia el barco! —dijo Pipón.

Los piratas corretearon al mono por la rampa de la cubierta del barco.

El mono brincó sobre la hamaca del capitán y le robó el sombrero.

El capitán Pimienta despertó de su siesta.

—¡Detente! —gritó—.
¡Devuélveme mi sombrero!

El mono se colgó de las sogas
y se balanceó por las velas.

—¡Fuera de mi barco! —rugió el capitán agitando
su espada en el aire.

¡SUISH! ¡SUASH!

El mono chilló y arrojó el sombrero. Luego bajó corriendo por la rampa y desapareció en la jungla.

—Ese mono era un problema —dijo Pigmeín—. ¿No podríamos regresar a casa y comprar un loro?

El capitán Pimienta resopló y refunfuñó.

—¿Un loro? —gritó—. ¡Ni hablar! ¡Encuentren algo diferente para mí o los arrojaré a los tiburones!

Capítulo cuatro

Estaba comenzando a anochecer cuando los piratas se internaron de nuevo en la selva.

Pipón abrazó a Pitillonio y se puso a llorar.

—¡Shhh! —dijo Pigmeín—. Miren, por allá. ¡Es un gatito con manchas!

—Eso es diferente —dijo Pipón—. ¡Pitillonio, atrápalo antes de que se escape!

—Ven gatito —lo llamó Pitillonio—.
Ven con Pitillonio, gatito bueno.

El leopardo se acercó sigilosamente.

Pero el rugido y el brillo de sus ojos llenaron
a Pitillonio de pánico.

—¡Que me parta un rayo! ¡Está pensando que soy su cena!
—gritó.

Pitillonio se dio vuelta y empezó a correr hacia la selva
seguido por Pigmeín y Pipón que le pisaban los talones.

· Burlington Public Library

La selva se volvió oscura e incluso tenebrosa.

Continuaron su búsqueda caminando
lentamente y en puntillas.

Luego Pipón tropezó con una rama
y cayó al suelo quejándose.

La rama empezó a moverse.

—¡Ayyy! —gritó Pipón—. ¡Esa rama está viva!

—¡Bueno, que me parta un rayo! —dijo Pitillonio—.
¡Eso es diferente!

—Atrápala Pitillonio, antes de que se escape —dijo Pipón.

—No puede correr —dijo Pitillonio—. ¡No tiene piernas!

Luego la agarró por la mitad y la haló.

—Está pesada —dijo—. Ambos tendrán que ayudarme.

Todos juntos, los piratas cargaron la serpiente a través de la jungla y regresaron al *Zorro ricachón*.

El capitán Pimienta no podía creer lo que veía.

—¡Una pitón! ¡Ustedes me han traído una pitón! —gritó.

Brincó y dio saltos de alegría por toda la cubierta.

—¡Seré famoso! —gritaba de alegría.

Luego el capitán Pimienta empezó a aplaudir y a cantar:

"La pitón es un ejemplar sin traspiés:

aunque no tenga brazos ni pies

se mueve veloz en la contienda

para atrapar y comer su merienda".

—Hemos encontrado una mascota para ti —dijo Pigmeín—. ¿Podríamos irnos a casa por favor?

El capitán Pimienta dejó de cantar.

—¿Ir a casa? —gruñó—. ¡Ni hablar! Viajaremos por el mundo entero para mostrar mi pitón. ¡Voy a ser famoso!

Los piratas refunfuñaron a sus espaldas.

—Zarparemos al amanecer —dijo el capitán—. ¡Más les vale estar listos, o si no, los arrojaré a los tiburones!

Capítulo cinco

Amaneció. Los piratas dormían plácidamente en sus literas.

Al mediodía
Pigmeín se levantó
y se desperezó...
"Algo no está
bien", pensó.

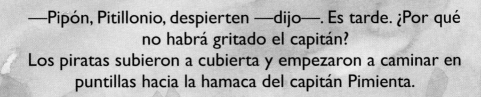

—Pipón, Pitillonio, despierten —dijo—. Es tarde. ¿Por qué no habrá gritado el capitán?

Los piratas subieron a cubierta y empezaron a caminar en puntillas hacia la hamaca del capitán Pimienta.

Ahí estaban las botas del capitán…

Estaba el sombrero del capitán…

Pero no había señal alguna del capitán.

En su lugar, profundamente dormida, estaba
la pitón mascota del capitán Pimienta…

...con una enooorme panza.

—¿Dónde está el capitán? —gritó Pipón.

Los piratas se quedaron observando
a la serpiente que dormía.

—Creo que eso es el capitán —susurró Pigmeín señalando
el estómago de la pitón.

—¡Pues que me parta un rayo! —dijo Pitillonio.

De repente, Pigmeín comenzó a gritar de alegría.

—¡Ahora ya no hay quien nos grite! —dijo.

—¡Ya no hay quien nos arroje a los tiburones! —gritó Pipón.

—¡Ya no hay quien nos impida ir a casa! —dijo Pitillonio.

Los tres piratas brincaron de felicidad.

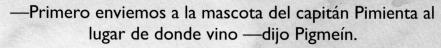

—Primero enviemos a la mascota del capitán Pimienta al lugar de donde vino —dijo Pigmeín.

Los piratas agarraron la hamaca.

—¡HALEN!

Y luego la soltaron
¡TUAAANNNG!

La pitón voló por los aires
¡UUUIIIII!
y regresó a la selva.

—¡HURRA! —gritaron los piratas. Y luego cantaron y
bailaron una alegre canción en la cubierta.

Capítulo seis

Pipón, Pitillonio y Pigmeín navegaron por el espumoso mar hasta que finalmente llegaron a casa.

Los tres piratas vendieron el *Zorro ricachón* por una fortuna y compraron una cafetería. En la ventana, sobre una percha colgada pusieron a un loro que le daba la bienvenida a los visitantes.

El deseo del capitán Pimienta también se hizo realidad. Pronto se hizo muy famoso en todo el mundo.

¡El capitán Pimienta era el único pirata de la historia que había sido engullido por su propia mascota!

DIARIO EL TRUHÁN

MASCOTA PITÓN
ENGULLE
AL CAPITÁN
PIMIENTA.